LUCEAWAY《ルーシーアウェイ》

西安 勇夫

東京図書出版

まえがき

この小説は、今から四十八年前の昭和五十一（一九七六）年一〇月から二年余りの物語である。

作者は当時二十三歳で、働きながら実際にロックンロールバンドを組んで活動をしていた。

そのバンド時代の写真を挿絵《さしえ》代わりに使った。勿論撮影者と写っているメンバーには掲載を伝えて快諾を得た。

写真の枚数が多くて写真集のようになってしまったが、拙い作者の文章より、報道写真家竹安恵一氏の天才的なカメラアングルから〝**ルーシーのロックンロールスピリット**〟を感じとってほしい。

この写真を観ながら、当時のコンサートのライブテープを聴きながら、記憶をたぐり寄せて物語を書いた。

どうして書く気になったのかというと、昨年メンバーの一人が急逝したのである。もっと話をしておけば、もっと恩を返しておけばよかったと後悔頻りだ。心から冥福《めいふく》を祈りたい。

鬼籍に入った友と過ごした**「ほろ苦くてキラキラとしたとき」**の記録を残そうと思って書いた。

友はリードギターだった。高校時代は吹奏クラブで、レコードを聴きながら素早く楽譜が書けた。卒業してから楽器の営業マンもやっていた。

ろくに楽譜も読めない不良たちがキャロルのコピーをしたのだから、友がいないと出来なかったと思う。筋が通らないことが大嫌いな人だったので、作者は友をとても尊敬していた。

「尖った反骨精神」はあのときと何も変わっていない。古希を過ぎてもおれたちは永遠にロックンローラーなのだから。

「自分に正直に生きた熱く短い時代の物語」をごゆっくりお楽しみ下さい。

二〇二四年　秋

西安勇夫

LUCEAWAY《ルーシーアウェイ》★目次

LUCEAWAY《ルーシーアウェイ》

1

〝朋《とも》が逝く　漢の薫り　強く残して〟

令和五（二〇二三）年初夏。シンさん（林伸一郎《はやししんいちろう》）の四十九日法要が終わったころ、サミー（佐藤瑞輝《さとうみずき》）が提案した墓参りに、ヒデさん（松川秀夫《まつかわひでお》）とケン（小野健《おのけん》太《た》）が参拝した。

ロックンロールバンドのルーシーは、七十一歳で鬼籍に入ったシンさんがリードギター&ボーカル、ヒデさんが初代サイドギター、ケンが二代目サイドギター、サミーがベースギター&ボーカルで、今回都合で来られなかったリュー（木村龍平《きむらりゅうへい》）がドラムスだった。リューとケンとサミーが同い年で、シンさんが一つ、ヒデさんが二つ年長だ。

シンさんの墓参りに訪れた三人が揃うのは実に四十五年ぶりである。ルーシーは革ジャンとリーゼントがトレードマークだったのだが、今では白髪が目立つ行雲流水の好好爺に見えた。

しかし、彼らの「尖った反骨精神」はあのときと何も変わらず社会に憤慨している。

そう、「LUCEAWAY《ルーシーアウェイ》」なのだ。

〝目には青葉　山ほととぎす　初鰹〟

と山口素堂が詠んだ清々しい季節に、ホンダのトールワゴンを運転するサミーは、狭い村道に対向車が来ないことを願った。

「サミー、運転が大人しなったな」

後部座席のヒデさんが言った。

「この前、生まれて初めてゴールド免許（優良運転者免許証）になった」

「ほー、奇跡やな」

若い頃のサミーは暴走癖がある上に、酒が好きで飲酒運転で捕まることも多く、とてもゴールド免許など考えられない。

2

運転免許証にはグリーン（緑色）、ブルー（青色）、ゴールド（金色）の色分けがある。

グリーン　↓免許を取得して三年間

ブルー　↓初回運転者・初めて更新した人（有効期間三年）

一般運転者・軽微な違反一回のみ（有効期間五年）

違反運転者・複数回の違反あり（有効期間三年）

ゴールド　↓過去五年間無事故無違反の優良運転者（有効期間五年↑七〇歳未満）

ゴールド免許には次の六つの特典がある。

①免許更新の講習時間が短い

優良運転者　↓　三〇分

一般運転者　↓　六〇分

違反運転者　↓一二〇分

初回運転者　↓一二〇分

②講習の手数料が安い

優良運転者　↓　五〇〇円

一般運転者　↓　八〇〇円

違反運転者　↓一三五〇円

初回更新者　↓一三五〇円

③県外で運転免許の更新が可能

ゴールド免許　↓運転免許センター　運転免許試験場　※全国の警察署

ブルー免許　↓　→　→

グリーン免許　↓　→　→

④任意保険料が安くなる（ゴールド免許割引がある）

保険会社　割引率

ソニー損保　一二％

三井住友海上　一二％〜一五％

損保ジャパン　　　　　　　　→
ＳＢＩ損保　　　最大二六％

⑤ＳＤカードを取得できる（自動車運転安全センター発行）
提示するとガソリン代や食事や旅行が割引になる

⑥ゴールド免許の有効期間

年齢	更新日	有効期限
六九歳	七〇歳誕生日	五年
七〇歳	七一歳誕生日	四年
七一歳	七二歳誕生日	三年

以降、ゴールド免許でも有効期間は三年

運転免許の行政処分とは次のようなものである。

①行政処分とは？
交通違反や交通事故を起こした人に対し、道路交通法上の危険を防止するため
交通違反の取締りがある。違反に応じて違反点数が加算され、累計点数が一定

基準を超えると、運転免許の停止処分や取消処分を受ける。

②行政処分の対象期間

交通違反は、違反した日から過去三年間の点数を計算し、その累計点数により行政処分が決定する。(但し、無事故・無違反の間隔が一年以上あれば、それ以前の点数は累計しない)

③違反者講習について

違反者講習対象者↓過去三年以内の違反が、三点以下の軽微な違反で、累計六点に達したもの。(但し、公安委員会からの通知後一カ月以内に受講が必要)

累計点数が七点になると違反者講習対象でなくなる。

講習を受講することで、累計点数はリセットされゼロからのスタートとなる。

今後違反をすれば、新たに違反点数が累計されていく。

④違反者講習内容↓違反者講習は、次の二種類から選択できる

一、社会活動参加型　講習料九九五〇円

■社会参加活動三時間　■座学講習三時間

二、実車運転等検査型　講習料一万三四〇〇円

■実車による講習又はシミュレータ操作三時間　■座学講習三時間

⑤違反者講習対象者外↓過去三年以内に免許の取消、停止処分又は、違反者講習を受けた人は、違反者講習対象外となる。また、公安委員会から違反者講習の通知を受け、一カ月以内に受講しない人は、三〇日間の免許停止処分を受けることになる。その際は短縮講習の受講もできない。

⑥行政処分の免許停止と講習

行政処分の流れ

行政処分対象違反

←（一カ月前後）

出頭要請通知書

←

免許センターか警察署出頭

←

運転免許停止処分通知書

←

短縮講習受講希望なし（免許停止期間）

短縮講習受講希望者↓短期講習は、免許センター出頭日に受講可

↓中期・長期講習は予約

↑

行政処分終了

⑦短期免許停止三〇日間

過去三年以内の違反で累積六～八点に達したもの。

講習時間・六時間　料金一万一七〇〇円

考査の成績により停止日数が、二九日から二〇日短縮

⑧中期免許停止六〇日間

過去三年以内の違反で累積九～一一点に達したもの。

（前歴一回は、四～五点に達したもの）

講習時間・二日間・一〇時間　料金一万九五〇〇円

考査の成績により停止日数が、三〇日から二四日短縮

⑨長期免許停止九〇～一八〇日間

過去三年以内の違反で累積一二～一四点に達したもの。

講習時間等・二日間・一二時間　料金二万三四〇〇円

⑩長期免許停止（九〇～一八〇日間）

前歴	違反点数	停止期間	違反点数	停止期間	違反点数	停止期間
一回	六点以上	九〇日	八～九点	一二〇日		
二回	二点	九〇日	三点	一二〇日	四点	一五〇日
三回	二点	一二〇日	三点	一五〇日		
四回	二点	一五〇日	三点	一八〇日		

⑪考査の成績により短縮期間

処分期間	短縮日数
九〇日	三五日から四五日
一二〇日	四〇日から六〇日
一五〇日	五〇日から七〇日
一八〇日	六〇日から八〇日

⑫行政処分の前歴とは？

違反の累計点数が定められた点数になると、免許の停止処分や取消処分を受ける。この処分を受けたことを前歴と言う。

停止処分以降は、過去三年以内の前歴回数により定められた累積点数に達した場合に、中期免許停止、長期免許停止及び取消処分が決定する。

免許の有効期間中に、無事故・無違反を一年間継続すれば、前歴が複数回あっても「前歴なし」となる。

3

「おれは改心したんや」

「サミー、今まで何回免停（免許停止処分）になった？」

「覚えとらんけど、両手では済まん」

「ゴールド免許いうたら五年間無事故無違反の優良運転者しか貰えんのやで？」

「そーや」

「入院でもしとったんか？」

「何でやねん」

「おかしいやろ」

「深い訳がある」

「何や？」

「令和元（二〇一九）年十二月から四年間、世の中は新型コロナウイルス感染症で外出制限されたやろ。まー、考えてみたらコロナのお陰やな」

「まだ、改心しとらんな。ハハハ」

「そういうこと」

偶然とはいえ生まれて初めてのゴールド免許を手にしたサミーは心から嬉しそうだった。

「この車、フルタイムの四駆やな」

助手席のケンがサミーに言った。

「雪が多い冬には楽やで」

「古いけど、綺麗に乗っとる」

「娘が就職したときに通勤用に買ってやって、次に妻が乗って、今は二人の買い物専用車になった。五ドアやさかい荷物が乗せやすいのと、背が高いので乗り降りが楽や。走行メーターは十八万キロを超えたけど調子ええで」

「十八万キロも走るとは立派なもんや。車内は土禁で綺麗やし、外観も新車みたいやな」

「手入れはしとる。まー、金がないから乗っとるだけや。ハハハ」

「おれも無い。ところで瑞雲寺は、ほんまにこの道なんか？」

「たぶんな？」

「丹波市青垣町の東芦田やったらこの道やで」

後部座席からヒデさんが言った。


道中、サミーがヒデさんとケンに、シンさんの最期を語った。

令和五（二〇二三）年二月二十五日の新聞の「おくやみ」欄で、シンさんの訃報を知った。年末にシンさんの元気な顔を見たサミーはにわかに信じられなかった。七十一歳というのはあまりにも短い人生である。

シンさんは数年前に妻を亡くしていて一人暮らしだった。娘さんが一人いたが加西市に嫁いでいる。

サミーは訃報を知った日にシンさんの家を訪ねたが誰もいなかった。近くのメモリアルホールに行って葬儀の予定がないかを尋ねると、昨日家族葬が終わって、お寺さんは青垣町の瑞雲寺だと知った。

その数日後に、やっと娘さんと連絡がとれて、シンさんの最期の様子を電話で聞いたのである。

二月二十二日、娘さんに近所の人から連絡があって加西から駆けつけると、家には鍵がかかっており、合鍵で中に入ってみると廊下で倒れていたそうだ。直ぐに医者を呼んで診てもらったが、死後数日経っていた。ホームごたつの上には袋があり、刺身と二月十六日付けのレシートがあったそうである。刺身の袋は未開封だった。

涙声の娘さんは、トイレに行く途中で倒れたようで、多分十六日に亡くなったのだろうと言った。

可哀想にシンさんは孤独死だった。しかし、よく考えてみると孤独死ほど人に迷惑をかけない逝き方はない。サッパリして潔かったシンさんらしいのかもしれないと思う。

今になってみればシンさんともっともっと話をしておけば、もっと恩を返しておけばよかったとサミーは心から悔やんだ。

4

瑞雲寺に到着した。

室町時代の永享十三（一四四一）年に小室城の芦田八郎金猶が、一族や主筋にあたる細川満元を弔うために建立したとされる曹洞宗瑞雲寺は、安土城や姫路城などで知られ、寺院では珍しいという「穴太積み」の石垣が見られる立派なお寺である。

サミーは墓地に一番近い駐車場に車を停めて、ケンに言った。

「後ろのドアを開けたら花と水を積んどるさかい降ろしてくれへんか？」

「よっしゃ」

サミーは後部座席に積んでいたA３サイズの額に入った写真を降ろす。

「入り口を入って直ぐ右奥や」

先に墓地に向かったヒデさんに向かってサミーが言った。

駐車場から十数メートル上ったところに墓地の入り口がある。三人はシンさんの墓石に向かった。

前列の一番奥の墓石には真新しい花が供えてあった。その墓石には先に亡くなった奥さんの戒名の隣にシンさんの戒名が彫られていた。あの世で夫婦仲良くしていることだろう。

花筒に余裕があったので、ケンは持参した花を加えた。花はなんとか全部収まり、前よりも豪華になった。

「これでどや」

「そんなにいっぱい花を供えてもろたらシンさんも嬉しいやろ」

ヒデさんが線香に火を点けながら言った。

サミーは二枚の写真額を墓石の両側に置いた。これはルーシー時代に撮った四人のメンバー写真である。一枚は初期のものでヒデさんが、二枚目は後期のものでケンが写っている。

「ようそんな写真あったなー」

ヒデさんがサミーに言った。

「押入れの奥から出してきた」

「よう見たら、おれらも捨てたもんやないなー。ハハハ」

ケンがそう言った。

「ハハハ」三人で笑った。

サミーが、シンさんの大好きな日本酒と缶ビールを供えた。

ヒデさんが火の点いた線香を二人に配る。墓石群の後ろの山の緑が美しい。三人は線香を供えて両手を合わせた。

冥福を祈りながら脳裏に浮かんだシンさんの笑顔が切なかった。

シンさんはたまに、サミーの家に立ち寄ることがあった。その時にはサミーの好物である蛸を持参した。

蛸はシンさんが家から車で一時間半の日本海に行って獲ってくるのだ。勿論無許可なので、海上保安官に見つかると逮捕されるのだが、心優しいシンさんはその危険を冒してもサミーのために蛸を獲ってきてくれた。

「蛸は買うてまで、食べるもんやない」

それがシンさんの口癖である。

サミーは夕飯にシンさんに貰った新鮮な蛸の刺身を酒の肴にして有難く頂いた。

どこからかほととぎすの鳴き声が聞こえた。

「今日は来てくれてありがとう」

シンさんがサミーに話しかけたようだ。

パイプライン

1

シンさんの墓参りをしてから数カ月経ったある日、サミーに一通の葉書が届いた。ライブコンサートの案内状である。

葉書の送り主は足立隆夫、彼はまだバンドを続けていた。辛抱強いのか、好きなのか、兎に角五十年も奏《や》り続ける彼にエールを送りたい。サミーは頑張って汗をかいて闘っている人が好きである。自分もそうありたいと思っている。

彼のバンドは昔ルーシーのロックンロールコンサートに参加してくれた。あのときのバンド名は「ブルドック」だった。ブルドックはザ・ベンチャーズの曲名である。今は「FIRE《ファイア》」に改名しているが、その前は確か「Fire《ファイア》」だったと思う。彼らは一貫して「ベンチャーズ」のコピーをしている。

ボーカルが無いインストゥルメンタル・ロック・バンドのザ・ベンチャーズは日本人になじみが深いバンドである。二〇〇四年に日米交流一五〇周年記念外務大臣賞を受賞し、二〇〇八年にはロックの殿堂（The Rock and Roll Hall of Fame and Museum）

入りを果たした。

ザ・ベンチャーズは、平成二十（二〇〇八）年八月三十一日にライフピアいちじま大ホールで公演をしている。サミーはその時初めて本物を見た。

FIREは同じステージで、令和五（二〇二三）年七月九日(日)十四時開演で、ライブコンサートをすると葉書に書いてあった。


ライブに行くことにしたサミーは、開演四十分前にホールに入った。

「チケットを買われるのですか？」

サミーはチケットを持っていなかったので、当日券売り場に行くと上品な中年の女性に声をかけられた。

「はい」

「これ、使って下さい」

彼女はサミーにチケットをさし出した。

「なんで？」

「友達が来られなかったの」

「いくら？」

「お金はけっこうです」

「ほんまに？」

「ええ」

殊勝な人もいるものだと感心した。そういえば昔、サミーも矢沢永吉のコンサートチケットを人に無料であげたことがある。あのときは急な用事が出来たからだ。因果応報とはこのことか。

大の男がタダ券を貰うわけにもいかないので、咄嗟にズボンのポケットを探ってみるとコインが3個あった。

「少ないけど、これでジュースでも飲んで下さい」

ライブの当日券は千円である。

「いいですよ」

サミーは無理やりコインを彼女に手渡した。

「ありがとう」

と言う彼女に、サミーが尋ねる。

「友達はどうされましたか？」

「今朝から喉が痛いそうです」

「コロナやったら大変ですね？」

「前売りチケットを買って誘ったのに残念です」

「そうでしたか。どうもありがとうございました」

会場に入ってから二人は別れた。サミーはステージに一番近い左横の扉から会場外に出て楽屋に向かう。楽屋の扉の前には女性スタッフがいた。

「入れませんか？」

「だめです」

そのときのために準備していた名刺を胸のポケットから出してスタッフに渡した。

「私は佐藤瑞輝と申します。FIREリーダーの足立隆夫くんに会いたいので、取り次いでいただけませんか？」

スタッフの彼女は名刺をまじまじと見てから言った。

「少々、お待ちください」

彼女はそそくさと楽屋に入って行った。

足立隆夫は直ぐにサミーに会いに来てくれた。

「久しぶりやな、来てくれたんか」

「応援に来たで。忙しいとこゴメンやけど三分だけよいか？」

「ええで」

二人は通路の長椅子に腰掛けた。

「シンさんが亡くなったん知ってるか？」

とサミーが言った。

「知らん。何時や？」

「二月中旬に」

「ほんまかいな」

サミーが掻い摘んでシンさんの最期を話した。

「可哀想なことやったな。数年前、シンさんが奥さんを亡くしたときにライブに来てくれてな。奥さんの位牌を抱いて見てたんや。涙が出たわ」

彼は高校の吹奏クラブで、シンさんの一年後輩だった。

「そうか……。時間を取ったな。頑張ってや」

「ありがとう」

2

十四時丁度にライブは開演した。

サミーは楽屋の出入り口に近い席に腰掛けた。

FIREのメンバーが出てきた。リードギターがリーダーの足立隆夫、サイドギター、ベースギター、ドラムス、キーボードの五人構成である。ブルドックのときはキーボードなしの四人でベンチャーズと同じ編成だった。

サミーの前にはベースギターがいた。昔ハードロックをやっていたというベースの彼は、背が低く角刈りで、赤いアロハシャツの胸をはだけ、白の幅広パンタロンという今どき珍しいファッションである。

久しぶりに聞く生のサウンド。ベースアンプの前なので、好きなベースの音が腹に響いて心地よい。

ファッションは奇異だが一生懸命ジャズベースを弾く彼の音は、正確で好感がもてた。そしてパンチの効いたドラムスがサウンドを引き締めている。今年からメンバーに入ったそうだが、とても上手い。前よりレベルアップしたFIREのサウンドに、シンさんとの思い出が重なってサミーは眦に涙が溢れた。

数曲後に席替えをした。ライブ会場の前列左の席では本物の音は楽しめないからである。ライフピアいちじまの大ホールはステージ前から客席が傾斜状に高くなっている。ライブを知り尽くしたサミーは音が一番良く聞こえる場所を心得ている。

前から三分の二の位置の中央部が空いていなかったので中央から少し右の席に席替えをした。この位置なら生の音を満喫できる。

二時間のライブはあっという間に終わった。

アンコールは一曲目が『ワイプアウト』、二曲目が『パイプライン』だった。『ワイプアウト』はドラムスの腕の見せ所だ。新ドラマーの歯切れの良いドラムの音に会場が沸いた。

日本人がザ・ベンチャーズを知るきっかけとなったテケテケサウンドの『パイプライン』を最後の曲に選んだ足立隆夫のセンスが光る。会場は手拍子が響き大喝采のうちに幕を閉じた。サミーは久しぶりにライブを楽しんだ。

そして、シンさんにはいい供養になったと思う。FIREに心より感謝したい。

黎明期

1

サミーが中学を卒業した昭和四十三（一九六八）年は明治百年に当たる。そのときの世相は、いざなぎ景気（一九六五〜一九七〇年）の真っ只中で、昭和元禄と呼ばれ、日本の国民総生産（GNP）がアメリカに次いで世界第二位になった。

中国は二〇一〇年に国内総生産（GDP）がアメリカに次ぐ第二位になり、日本は三位に後退した。その後、二〇二四年二月に四位のドイツに抜かれて第四位（名目GDP）になってしまったが、日本が明治からたった百年で世界第二位になったのは立派である。そして、日本の民度が世界一なのは良識ある世界中の人々が認めている。

ここで、国民総生産と国内総生産の違いについてふれておこう。

国民総生産＝GNP（Gross National Product）。「一九九三SNA」の導入に伴い、GNPの概念はなくなり、同様の概念として国民総所得＝GNI（Gross National Income）が新たに導入された。

国内総生産＝ＧＤＰ（Gross Domestic Product）は国内で一定期間内に生産されたモノやサービスの付加価値の合計額。〝国内〟のため、日本企業が海外支店等で生産したモノやサービスの付加価値は含まない。

一方ＧＮＰは〝国民〟のため、国内に限らず、日本企業の海外支店等の所得も含んでいる。以前は日本の景気を測る指標として、主としてＧＮＰが用いられていたが、現在は国内の景気をより正確に反映する指標としてＧＤＰが重視されている。

中学の卒業パーティーでサミーとケンはエレキギターを弾いてバンドの真似事をしていた。二人は別々の高校に進学したがバンドの付き合いは続いた。

二人は高一のときに、ドラムスとボーカルを加えたバンドを結成し、近所の青年団のクリスマスダンスパーティーで演奏した。

レパートリーは『恋の季節』『ブルーシャトウ』『朝日のあたる家』のたった三曲だが、当時エレキバンドが珍しく大いに盛り上がった。

三曲の中で一番受けたのが、大ヒットした「ピンキーとキラーズ」の『恋の季節』である。

★恋の季節　（作詞：岩谷時子　作曲：いずみたく　一九六八年）

忘れられないの
あの人が好きよ
青いシャツ着てさ
海を見てたわ
私ははだしで
小さな貝の舟
浮かべて泣いたの
わけもないのに

恋は　私の恋は
空を染めて　燃えたよ

死ぬまで私を

ひとりにしないと
あの人が云った
恋の季節よ

（間奏）

ルルルルルルルー　ルルルルルルルー
ルルルルルルルー　ルルルルルルルー

恋は　私の恋は
空を染めて　燃えたよ

夜明けのコーヒー
ふたりで飲もうと
あの人が云った
恋の季節よ

恋は　私の恋は
空を染めて　燃えたよ

夜明けのコーヒー
ふたりで飲もうと
あの人が云った
恋の季節よ
恋の季節よ
恋の季節よ

★ブルーシャトウ　（作詞：橋本淳　作曲：井上忠夫　一九六七年）

森と　泉に　かこまれて
静かに眠る
ブルーブルーブルー　ブルー・シャトウ

あなたが　僕を　待っている
暗くて淋しい
ブルーブルー　ブルー・シャトウ

きっとあなたは　紅いバラの
バラのかおりが
苦しくて
涙をそっと　流すでしょう

夜霧の　ガウンに　包まれて
静かに眠る
ブルーブルー　ブルー・シャトウ
ブルーブルーブルーブルーブルーブルー
シャトウ

（間奏）

きっとあなたは　紅いバラの
バラのかおりが
苦しくて
涙をそっと　流すでしょう

夜霧の　ガウンに　包まれて
静かに眠る
ブルーブルー　ブルー・シャトウ
ブルーブルーブルーブルーブルーブルーブルー
シャトウ

2

サミーが十九歳のときに衝撃的な出来事が起こる。「キャロル」のデビューである。

川崎が生んだロックンロールバンドのストーリーは次の通りだ。

一九七二年　八月　グループ結成（きっかけは矢沢永吉のメンバー募集貼り紙）

矢沢永吉（ボーカル、ベースギター）

ジョニー大倉（ボーカル、サイドギター）

内海利勝（リードギター）

相原誠↓岡崎ユウ（ドラムス）

一〇月　八日　フジTV「リブ・ヤング！」出演

ミッキー・カーチスが出番の終わったキャロルを電話で呼び出し、その場でマネージメント契約

一九七三年

一二月二〇日　デビューEP盤「ルイジアンナ／最後の恋人」発売
一月二五日　EP盤「ヘイ・タクシー／恋の救急車」発売
二月二五日　EP盤「やりきれない気持／ホープ」発売
三月二五日　ファースト・アルバムLP盤「ルイジアンナ」発売
　　　　　　EP盤「レディ・セブンティーン／愛の叫び」発売
四月　一日　日比谷野音「第二回ロックンロール・カーニバル」出演
四月二五日　EP盤「彼女は彼のもの／憎いあの娘」発売
五月二五日　EP盤「0時5分の最終列車／二人だけ」発売
六月　　　　NHKドキュメンタリー・フィルム構成「キャロル」の
　　　　　　取材、制作
六月二五日　EP盤「ファンキー・モンキー・ベイビー／コーヒー
　　　　　　ショップの女の娘」発売
七月二五日　LP盤「ファンキー・モンキー・ベイビー」発売
九月　　　　NHK内部より、ドキュメンタリー「キャロル」は客観
　　　　　　性を欠くとして問題となる
一〇月二〇日　内外に波乱を含みながらNHKフィルム構成の「キャロ

ル」午後二時十分より放映

一九七四年

一二月二〇日　LP盤「ライブ・イン〝リブ・ヤング〟」発売

二月　五日　EP盤「涙のテディ・ボーイ／番格ロックのテーマ」発売

三月　パリで「カンサイ・イン・パリス」に出演

NHKディレクター龍村仁氏NHKを休職して、キャロルのドキュメンタリー映画制作へ

四月二二日　ATG映画「キャロル」公開

五月　一日　キャロルの全国コンサートがスタート

七月一七日　京都円山公園のコンサートには七千人も押し寄せ大騒ぎとなる

七月二五日　LP盤「キャロル・ファースト」発売

EP盤「夏の終り／泣いてるあの娘」発売

一二月一九日　全国ツアー「CAROL AROUND JAPAN」スタート

一二月二〇日　EP盤「ラスト・チャンス／変わりえぬ愛」発売、この頃より解散の空気が流れ始める

一九七五年　三月　「GOOD-BYE CAROL ツアー」富山を皮切りにスタート
四月　五日　LP盤「GOOD-BYE　CAROL」発売
四月一三日　日比谷野音のコンサートを最後にキャロル解散
五月一五日　LP盤「燃えつきるキャロル・ラスト・ライブ1975 4.13」発売
（二〇〇三年一月二一日発売CD　キャロル／ザ★ベストより）

キャロルの活動はたった二年半と短い期間だったが、単なるロックンロールバンドではなかった。キャロルは若者たちの希望の象徴であり、紛れもなく時代のシンボルだった。
キャロル解散から五カ月後の昭和五〇（一九七五）年九月に元キャロルのリーダー矢沢永吉がソロデビューした。そして矢沢は四八年後の令和五（二〇二三）年一二月一四日前人未到の武道館一五〇回目の公演を行った。彼は誰もが認めるキング・オブ・ロックになったのである。

3

サミーが二十歳のとき、隣町春日町の福祉センターでコンサートをやった。このときのメンバーに初めてシンさんとヒデさんが加わった。バンド名は「マークファイブ」。

ボーカル二名（男女）、ギター三名、ベースとドラムスの七人編成のバンドだった。マークファイブは週末の夜に、福知山市内のクラブ・ゴールドで演奏した。このクラブはサミーの家から十六キロ離れた福知山駅前にあった。

福知山市の人口は八万人足らずだが、陸上自衛隊の第七普通科連隊の駐屯地などがあり、飲み屋の数が多い街として有名だった。

ゴールドの客たちはほとんどマークファイブの演奏など聞いていない。彼等の目当ては鼻をつく香水をつけたロングドレスのホステスたちである。それでもマークファイブは一晩三回のステージをこなした。

X'mas
謝恩

サミーは二十二歳のときに矢沢永吉のステージを初めて観た。

矢沢の記念すべきソロ・デビュー・アルバム「I LOVE YOU, OK」が昭和五十（一九七五）年九月二十一日に発売された。発売直後の九月二十七日から全国ツアー“E.YAZAWA AROUND JAPAN PART-1”が始まった。その初日が京都会館である。

初日は丁度土曜日だった。初めて本物の矢沢を見るために友達のリューと、車で京都会館に向かった。福知山市から国道9号線を上る。リューは京都市内で仕事をしていたこともあり会場は直ぐに分かった。

コンサートを知ったのが数日前だったためチケットなど持っていない。会場に行けばなんとかなると思って行った。

案の定、会場前には数人のダフ屋がたむろしていた（ダフ屋行為は六カ月以下の懲役、又は五十万円以下の罰金である）。

「兄ちゃん、チケットあるで」

ダフ屋が二人に声を掛けてきた。

「いくら？」

サミーが聞いた。

「もう開演やから、一枚四千円でどう？」

サミーも負けていない。

「二枚六千円なら買うで」

「値切るとはええ度胸しとるな」

「売り切りたいんやろ?」

「知ったような口を聞きやがって」

「金が無いんで」

「中々、強情やな」

「頼むわ」

「しゃーない。二枚七千円でどう?」

「買うた」

結局、一枚定価二千五百円のチケットを千円高く買ってしまったが、背に腹は代えられない。会場に入ったときには既に超満員だった。二人は最後列の通路で立見である。

『カモン・ベイビー』のイントロが流れ始めた。

矢沢は中々現れない。

数分後、白のスーツに白いスニーカー姿の矢沢が舞台の下手から、体を半分に折って手をたたきながら出てきた。そのときの矢沢は客席の一人ひとりをしっかりと凝視していた。

★カモン・ベイビー　（作詞・曲：矢沢永吉　一九七四年）

Come on over, baby, I want you please
抱きしめたい　この手で　yeah, yeah
君のキュートな　笑顔が好きさ　yeah, yeah

Come on over, baby, I want you please
欲しいものは　あげよう　yeah, yeah
バラの花も　ミンクのコートも　yeah, yeah

　おまえのぬれた素肌が　yeah, yeah
俺の目にとまれば

もう逃げられはしないよ

Come on over, baby, I want you please
抱きしめたい　この手で　yeah, yeah
君のキュートな　笑顔が好きさ　yeah, yeah

（間奏）

Come on over, baby, I want you please
欲しいものは　あげよう　yeah, yeah
バラの花も　ミンクのコートも　yeah, yeah

Come on over,　yeah, yeah　……

今でもサミーはこの瞬間を鮮明に覚えている。
〝宇宙人？〟と思わせるようなカリスマの塊のこの男の目から、並々ならぬ気迫が伝わったのだ。それは「自信」ではなく「決心（やってやるという気構え）」である。

あれから四十九年が経過した。彼はキング・オブ・ロックとなり、「真面目に頑張ればなりたいものになれる」ことを証明した。

★ルーシー誕生★

1

サミーが二十三歳のころになるとマークファイブのメンバーが一人、二人と抜けてバンドは活動休止状態になってしまった。

サミーはそれを期に、かねてから考えていたロックンロールバンドを作ろうと思った。

リードギターにはシンさん、サイドギターにはヒデさん、ベースギターは自分で、ドラムスにはリューを招聘した。キャロル好きのリューは快諾した。

とにかく四人でキャロルのヒット曲『ファンキー・モンキー・ベイビー』から練習することにした。エレキバンドを五年もやっていると楽譜さえあれば曲のコピーはできる。

しかし、ボーカルがいなかった。

「サミー、一回歌うてみ？」

とシンさんが言った。サミーはベースを弾きながら歌ったことがなかった。

「おれ、やったことないで」

「まー、やってみ」

「ほんなら、やってみよか？」

サミーは軽い気持ちでベースを弾きながら歌った。なんと、手を動かしながら歌えたのだ。

「出来るやんか」

シンさんが言った。

「ほんまや」

サミーは自分でも不思議なくらいスムーズに出来た。

「もう一回いくで」

そう言って、シンさんがイントロを弾いた。

二回目はエーちゃんの乗りでサミーが歌った。

「決まった。サミーがリードボーカルや」

こうして、サミーがリードボーカルのルーシーが誕生したのである。

ルーシーのデビューは昭和五十一（一九七六）年十月の市島町主催の産業祭だった。

このときに初めて揃いの黒い革ジャンで演奏した。

★ルーシー誕生★

だが、ヘアースタイルといえばシンさんがロングヘアーをバックにし、サミーはパンチパーマ、リューは五分刈りだった。その後、キャロルを真似て全員ポマードべたべたのリーゼントヘアーにしたのである。

ポマードの全盛期は古く、昭和二十年代から三十年代である。そのころ植物性ポマードが、リーゼントスタイルの流行に支えられ、男性化粧品のトップシェアになった。当時の人気は柳屋のポマードだったが、サミーが使ったのは資生堂パラディムのブリランチンである。柳屋のポマードより奥深く上品な匂いがする。

メンバーの革ジャンの色は黒だったが、その形は個人の好みで決めた。キャロルが襟付きのシングルを着ていたのでシンさんとリューがそれにした。

サミーは立襟のシングルにした。ヒデさんはダブルのライダースジャケットで腰の回りにはベルトが付いている。

靴は黒の革のショートブーツで、ズボンは全員スリムの黒のデニムである。

上から下まで黒ずくめなので、お洒落のポイントは革ジャンの下に何を着るかということになる。

当時の流行《はやり》はグンゼのＹＧである。矢沢永吉、萩原健一、松田優作などの有名人がジャケットの下によく着たのがグンゼのＹＧなのだ。

ＹＧとはグンゼの製品名で、ヤングマン肌着の略である。上質綿の肌着で、当時は日本製だったので高品質で生地が厚く着心地が非常に良かった。最近のＹＧは外国製で当時よりも生地が薄くて駄目である。

当時のＹＧはクールネックの形が良く、それだけ着ていても上等の白いＴシャツに見えて、とても肌着には見えなかった。

長袖と半袖があり、長袖は七分袖になっていて、上からジャケットを着ても肌着が見えないのがＹＧの特長だった。サミーは真夏は半袖、真冬は七分袖のＹＧを愛用していた。

シンさんとサミーはこの白いＹＧを革ジャンの下に着た。しかし、お洒落なリューは赤と紺の横縞模様のＴシャツなどを着る。

ファッションも大切だが、なんといってもバンドの命は楽器である。

リードギターのシンさんは当初モズライトのベンチャーズモデルを使っていたが、後にフェンダーのテレキャスター・シンライン（半中空構造／セミアコ）に代えた。

このギターはＦホール付きなのでルックスがいい。音にはシンライン独特の響きがあり、高音は抜けるような美しい音色だ。シンさんが奏でるギターはテンポがよくてルーシーサウンドの要である。

テレキャスター・シンラインの愛用プレーヤーはキャロルのジョニー大倉を筆頭に吉田拓郎やトータス松本などがいる。

サイドギターのヒデさんはフェンダーのストラトキャスターだ。ヒデさんが刻むリズムは正確でとても澄んだ音色だ。

ストラトキャスター・プレーヤーはジェフ・ベックやエリック・クランプトンである。日本人では勿論キャロルの内海利勝が使っている。

当時大卒初任給は九万四三〇〇円である。フェンダーのテレキャスターとストラトキャスターはアメリカからの輸入品なので一本十八万円もした。

当時の円相場は一ドル二四〇円なので一本が七五〇ドルである。現在は一ドル一五〇円前後だから十一万円ぐらいだろう。

一本十八万円のギターをキャッシュで払える若者はいないので、二人とも当然ローンで買った。ローンには保証人が必要だが、その保証人をシンさんとヒデさんがお互い同士でやったのである。

金の無い者同士が保証人になるのだから保証人の価値がないと思うが、当時のローン会社の審査はこの程度である。たぶん二人とも最後まで払いきれずに踏み倒したと思う。

ベースギターのサミーはフェルナンデスのＦＹＢ-70である。

このベースギターはキャロル時代に矢沢永吉が考案した琵琶型のベースだ。矢沢がキャロルで使ったプロトタイプはボディがナチュラル色だった。そのモデルをフェルナンデスが製品化して販売したのがＦＹＢ-70である。

サミーが買った製造番号６２８０６番のＦＹＢ-70はボディが白色である。福知山の新町通りにある三字屋楽器店のショーウインドウに飾られていたものを見つけ七万五〇〇〇円で買った。ハードケースを付けて合計八万五〇〇〇円だった。

このモデルは一九七五年製の初期型で、その後マイナーチェンジが行われ、ＦＹＢ-70→ＹＢ-70→ＹＢ-75になっていく。

初期型のＦＹＢ-70の特長は、ヘッドに書かれているFERNANDESのロゴマークがアラビア文字のロゴになっている。

初期型のペグはアメリカのグローバー製の箱型である。そのペグの中央（一、二弦と三、四弦の間）にはEikichi Yazawa MODELと金文字が入っている。

マイナーチェンジ以後は箱型ペグではないので初期型と見分けがつく。サミーの初期型は数が少なく希少な名器で、オークションでは現在二倍の値段になっている。

購入時の弦は平線がテーピングされたものだったが、サミーは英国の

ROTOSOUND《ロトサウンド》製SWING BASS《スイング ベース》（RS-66 L）に代えた。この弦は平線ではなく丸線がテーピングされていて先端処理に赤い飾り糸を使っている。平線より丸線の方が野太く腹に響く音になる。

テーピングを平線から丸線に代えるとフレットの磨耗が早いので、数年後にはフレットが無くなって弾けなくなってしまったが、この弦を張ったＦＹＢ-70と、直径四十二センチ特大ウーファーを取り付けたサミー自作スピーカーボックスから出る野太く抜ける音のベースが、ルーシーサウンドの特徴の一つだ。

ドラムスのリューはパール製のドラムセットである。乾いたスネア・ドラムの音と会場に伝わるバス・ドラムの風圧がルーシーサウンドを引き締めた。

パールを使うドラマーで有名なのは彼の有名な村上〝ポンタ〟秀一である。彼もポンタのファンなのだ。

ボーカル用のマイクはアメリカ製のシュアーで、エコーチェンバーはローランドＲＥ-２０１を使用した。

これらの楽器が奏でるルーシーのサウンドは、各パートがハッキリと聞こえ、奥行きが深い上品な大人の魅力があった。

ルーシーには「室町企画」という強力なスタッフたちがいる。

マネージャーは、サミーと同級のノボちゃん（高田昇）。彼のマネージメント能力は非常に高く、全ての段取りから雑用まで行き届いている。

コンサートスタッフは五名で、女性スタッフ三名（石橋、酒井、杉本）はコンサートの受付やチケットのモギリ、アナウンス等を担当し、男性スタッフ二名（上田、芦田）は照明係である。

最後に報道カメラマンのケイイッちゃん（竹田恵一）だ。彼は〝時代の表情を切り取る名人〟である。見事なカメラアングルがルーシーの魅力を存分に引き出す。コンサートのポスターには彼の写真がかかせない。

それと、ルーシーには「サニーズ」という心強い親衛隊二名（四方、須原）もいる。サニーズはコンサートには必ず来て会場の設営などの応援をしてくれた。

葦

週日は仕事をしているルーシーたちは日曜の午後が練習日だった。エレキバンドの練習場所を確保するのは中々難しい。音がうるさくて近所迷惑だからである。

貸ガレージ、神社の社務所、廃屋など今まで幾度となく追い出された。現在なんとか借りているのはサミーの家から五キロ離れた「三丹サッシ」というアルミサッシ屋の二階である。古い建物だが二十畳以上もある。床は板張りで広さは問題無い。サッシの仕事は一階のみでやっているので二階が空いていたのだ。空いているのでギターアンプやドラムセットは置きっぱなしで都合がよい。

三丹サッシから三百メートルのところに一軒のスナックがあった。店の名を「葦《あし》」という。

葦は間口一軒半、奥行き三軒のカウンター席のみの小さなスナックである。目が大きくて小柄のママは四十前の美人である。

メンバー四人で来ることもあるが、ヒデさんとリューがあまり酒を飲まないので、酒飲みのシンさんとサミーが常連になってしまった。

二人は毎回清酒の一升瓶を一本キープして、それを空にして帰る。五合酒を飲んで車の運転をしてはいけないのだが、車で帰るしかない。

二人は札付きの不良だった。

ハローヤング

1

ルーシーが「ハローヤング」という朝日放送テレビの番組に出演するきっかけは、リューが冗談でオーディションに応募したからである。

この番組は午後十一時ごろからの三十分深夜番組で、毎週アマチュアバンド二組が出演する。司会は笑福亭鶴瓶である。彼は二十六歳ぐらいでアフロヘアーにオーバーオールがトレードマークだった。

オーディションに応募したバンドが全て出られるわけではない。その番組にはちゃんとした予選があった。

予選は二回に分けて行われる。まず、一回目は応募時にデモテープを同封しなければならない。朝日放送テレビはそのデモテープを聴いて一次選考をした。ルーシーは一次選考を通過した。次はバンドの演奏を生で聴いて選ぶ二次予選である。

予選会は全国各地であったが、ルーシーは京都の会場だった。

会場は四条通りの大丸京都店の屋上である。予選に行く一週間前の練習後、スナック葦で酒を飲みながらシンさんがサミーに耳寄りの話をした。

「あのな、朝日放送テレビに春日町（隣町）出身のディレクターがおるんやて」

「ほんまかいな」

「上山というらしいで」

「ほー」

「ひょっとしたら、ハローヤングの担当かもしれん」

「ほんなら、予選会の審査に来るんとちゃうか？」

「そうかもしれん」

「それやったら、ちゃんとせなあかんで」

とサミーが言った。

「ちゃんとて？」

「これやがな」

サミーが仕草をする。

「袖の下かいな？」

「そや」

「ほな、ちゃんとしよ。何がええ？」

「男やったら酒やろ？」

「そうしよ」

「サントリーオールドは？」

「そんな安もんはあかん」

「山崎か、響？」

「高過ぎる」

「ほな、白州か？」

「もっと変わったもんはないんか？」

「うーん。タンカレースペシャルドライジン」

「何じゃそら？」

「ロンドン市内の湧き水で、四回も蒸留してる」

「詳しいな」

「ケネディ大統領やフランク・シナトラなどの有名人が好むらしいで」

「飲んだことあるんか？」

「無い」

「ほな、味が分からんやないか」

「そやな」

「ママ、どんな酒がよいと思う？」

シンさんがママに聞いた。

「春日町出身やったら丹波の地酒が飲みたいのと違う？」

「よっしゃ、地酒にしよか？」

シンさんがサミーに言った。

「賛成や。懐かしいから上山はんもイチコロかも？」

兵庫県春日町に地酒はないが、隣町の市島町には次の四つの酒造所があり、造り酒屋の郷である。

	社名	代表銘柄	創業
①	鴨庄酒造㈱	花鳥末廣・鴨庄「百人一酒」	一八六七（慶応三）年
②	山名酒造㈱	奥丹波・春霞み	一七一六（享保元）年
③	中大槻酒造場	玉つるぎ・玉の水	一八七二（明治五）年
④	西山酒造場	小鼓（俳人高浜虚子による命名）	一八四九（嘉永二）年

（※現在、中大槻酒造場は廃業）

水の美味しいこの町こそルーシーたちの故郷なのである。
二人で相談の結果、西山酒造場の清酒「小鼓」の四合瓶を持参することにした。

2

予選会には六組のバンドが来ていた。シンさんは予選会が始まる前に審査員席の上山さんに会って「小鼓」をちゃっかり渡している。

ルーシーは五番目に演奏する。曲目は『ウイスキー・コーク』である。

★ウイスキー・コーク　（作詞：相澤行夫　作曲：矢沢永吉　一九七五年）

オレ達の出逢いを見つめていたのは
甘くにがいウイスキー・コーク
酔った振りしながらキッスのチャンスを
さがしたのは本気だったからさ

短い映画のような
あの季節はもう帰らない
グラスの向うにおどけたオレ達
知っているのはウイスキー・コークだけさ

(間奏)

オレ達若かったよな
いつも何か追いかけてた
グラスの向うで何かが変った
知っているのはウイスキー・コークだけさ

(間奏)

オレ達若かったよな
いつも何か追いかけてた
グラスの向うで何かが変った
知っているのはウイスキー・コークだけさ

ルーシーは出来る限り目立つ仕草で演奏した。サミーは間奏のときにベースを弾きながらチャック・ベリーの「ダックウォーク」をやり大いに受けた。

六組のバンドの演奏が終わった。予選を通過出来ればテレビに出られる。万が一テレビ出演が決まればプロになれるかもしれないのだ。

今回の予選に合格出来るのは二組である。

発表が始まった。一組目は女子高校生のバンドが合格した。さて、二組目の発表である。

「二組目の合格は、ルーシーです」

司会者が発表した。ルーシーたちは抱き合って喜んだ。

帰りの車の中でサミーが皆に聞いた。

「なんで、合格出来たと思う？」

「やっぱり、四合瓶が効いたんとちゃうか？」

とシンさんが言った。

「演奏の出来も良かったし、サミーもしっかりシャウトしたで」

とリューが言った。

「そうか、ルーシーは兎に角テレビに出られるんや」

そうサミーが言うと、四人で心の底から笑い合った。

「ハハハハハ……」

3

そして、本番の収録日が来た。収録は朝日放送テレビの大阪スタジオかと思ったが、東淀川の小さなスタジオだった。

午後一時の集合なので、ルーシーたちは電車でそのスタジオに向かった。収録は二本撮りだった。既に午前中に一本が終わっていた。

スタジオには三十人ほどの観客が席に着いていた。ルーシーの地元ファン三名（吉良、大符、山川）も来ていた。ディレクターから台本がルーシーに渡された。

当時の台本はガリ版刷りである。

司会者の名前の下には台詞がちゃんと書いてあった。メイン司会者は確かに彼の有名な笑福亭鶴瓶だった。それとアシスタントの女性司会者の二人で進行する。

シンさんが言った。

「本物の鶴瓶やで」

その頃の鶴瓶はテレビとラジオで若者に大人気だった。

「ほんまや、アシスタントの姉ちゃんも綺麗やな」

サミーがベースギターを出しながら小声で言った。

「これでわし等も有名になるやろ」

リューが言った。

本番前のルーシーたちはいつもと変わらず、肝が据わっている。

アシスタントの紹介でルーシーの演奏が始まった。

曲名は矢沢永吉デビュー・アルバム「I LOVE YOU, OK」に入っている『恋の列車はリバプール発』である。

★恋の列車はリバプール発　(作詞：相澤行夫　作曲：矢沢永吉　一九七五年)

切符はいらない
不思議な列車で
いじけた街を
出ようぜ俺と

つっぱりジョンも
気どり屋ポールも
待ってるはずだよ
行こうぜ急げ

恋の列車はリバプール発
夢のレールは
二人で書いて行こう

リッケン・バッカー
抱いて歌えば
さびしい野郎も
つられて歌うぜ

(間奏)

恋の列車はリバプール発
夢のレールは
二人で書いて行こう

しらけた奴らが
追いかけたって
特急列車は
つかまりゃしないぜ

この録画は約一カ月後にテレビ放映された。放映の翌日にはルーシーは友人たちからたくさん電話をもらったが、残念ながらキャロルのようにミッキー・カーチスや内田裕也からの誘いはなかった。

マロニエ
周年記念ダンスパー

ロックンロールツアー

1

　キャロルの解散後、ソロになった矢沢永吉はデビュー・アルバム「I LOVE YOU, OK」発表の際、今では誰もが知る「E. YAZAWA」のロゴを作りアルバムとレコード盤に印刷した。デビューと同時にロゴがある歌手など日本ではなかったことである。キング・オブ・ロックになった現在もそのロゴを非常に大切にしていて、「E. YAZAWA」のロゴタオルなどは飛ぶように売れる。

　サミーは矢沢永吉のやり方を真似た。ルーシーにもデビュー時にロゴが必要である。しかし、ルーシーのメンバーたちにロゴを考える才能はない。そこで博識で顔が広いカメラマンのケイイッちゃんに聞いてみた。

「誰かロゴを考えてくれる人を探してくれへんか？」

　とサミーが頼んだ。

「居てはるで」

「ほんまかいな」

「おれが頼んでみる。ところでルーシーのスペルはどう書くんや？」

「まだ、考えてない」

「普通は、LUCYやろ？」

「ふー、それはアカン」

「何で？」

「そのスペルのバンドが既にある」

「ほな、どうする？」

サミーはしばらく考えてこう言った。

「LUCEでどう？」

「それやったら、ルーチェとも読めるで」

「固有名詞やから問題無いし、ルックスもええ。調べてみたら、LUCEはイタリア語で〝輝き〟という意味なんや。ロックンロールバンドの星として世間を照らすんや」

「よっしゃ、分かった」


二週間後、サミーに電話が掛かってきた。ケイイッちゃんからである。

「ルーシーのロゴが出来たらしいで」

「早、出来たんか」

「おれと一緒に、貰いに行こか？」

「分かった。御礼はいくらや？」

「御礼は要らんらしいで」

「何で？」

「その人はプロやないし、とにかく要らん」

「ほな、菓子折りでも持っていくわ」

「それでええ」

ルーシーのロゴの作者はケイイッちゃんと同じ町に住んでいる村岡孝司さんという方だった。

齢三十五の村岡さんは色白で黒縁メガネを掛けた物静かな人だった。趣味が標語づくりで、そのセンスは町内でも評判のようである。

昨年八十一歳になった村岡さんは、二〇二三年十一月一日の「計量記念日」に、東京都内で行われた全国大会で最優秀作品賞に輝いた。

〟信頼を秤（はかり）に乗せて正しい計量〟

が受賞作である。村岡さんは、目標の一〇〇〇入選まで残り二九なので頑張りたいと意欲を燃やしている。こんな人にルーシーはロゴを作ってもらったのである。

村岡孝司さんが作ってくれたロゴは、コカコーラのロゴに似ていてカッコ良かった。サミーはそのロゴをとても気に入り、丁寧に御礼を言って菓子折りを渡した。

帰り道、ケイイッちゃんにサミーが言った。

「これ写真に撮ってネガにしたら、スライドで拡大出来るやろ？」

「出来るで」

「ほな、直ぐにネガにして」

「どうするんや？」

「ロゴを大書きにして、コンサートのステージのバックに貼るんや」

「そら、ええな」

こうしてサミーはステージバックに貼るロゴの看板を作り上げた。

次はコンサートツアーのポスターとチケット作りである。

「ポスターの写真を撮ってくれへんか？」

ここは、ケイイッちゃんの腕の見せどころである。

「分かった。撮影場所は考えとくわ」

数日後、ルーシーはポスターの写真撮影をした。

場所は古い工場跡だった。

「ようこんな場所探したな」

サミーがケイイッちゃんに言った。

「ここは前から知っとったんや。ルーシーの生い立ちに合うやろ」

「おれは町工場勤務やからな。そういわれたらロックンロールの匂いがぷんぷんしとる」

ケイイッちゃんの撮った写真からは、廃墟の工場の中で尖った目をしたルーシーのメンバーが未来をしっかり見つめているのが〝ビリビリ〟と伝わった。

ロックンロールツアー

コンサートポスターの印刷会社は豊岡市《とよおか》にあった。福知山から豊岡までの距離は約六十キロである。車で行ったほうが楽なのだが、生憎雪の多い二月だったので安全のため、ケイイッちゃんとサミーは列車で行くことにした。

小雪が舞う福知山駅から山陰本線に乗った。

福知山《ふくちやま》駅は、京都府福知山市にある、JR西日本・京都丹後鉄道の駅である。JR西日本の山陰本線・福知山線と、京都丹後鉄道の宮福線（福知山駅〜宮津駅）が乗り入れており、このほか二駅目の綾部駅から舞鶴線に乗り換えると東舞鶴に行くことが出来る。一方、京都丹後鉄道の宮福線に乗り換えると風光明媚な日本海岸を通り日本三景の天橋立に行くことが出来る。また、福知山線に乗ると終点は大阪駅である。このように北近畿鉄道網の要衝が福知山駅である。

「列車に乗るのは久しぶりや」

サミーがケイイッちゃんに言った。

「おれもや。今日の天気予報は雪らしいで」

「そうか、豊岡まで何時間かかるんや？」

「時刻表では一時間半やけど雪のせいでもっとかかるかもしれん」

福知山駅から豊岡駅までの通過駅は次の通りである。

福知山駅↓上川口駅↓下夜久野駅↓上夜久野駅↓梁瀬駅↓和田山駅↓養父駅↓八鹿駅↓宿南信号場↓江原駅↓国府駅↓豊岡駅

今日は火曜日なので二人とも会社を休んでいる。久しぶりの休暇を二人は楽しんだ。車窓の一面が雪化粧した景色は普段見ないのでロマンチックである。サミーはキャロルの『涙のテディ・ボーイ』が頭に浮かんだ。

♪　雪の世界の恋だから

★涙のテディ・ボーイ　（作詞・曲：矢沢永吉　編曲：大野克夫　一九七四年）

ああこんなに　ああこんなに

雪の世界の恋だから
春風がとかしたなんて
シャレにもならない恋をした
間抜けなファニー・テディ・ボーイ

雪の中を二人は小犬のように
ころげまわり叫んだ
あの時も　夢なのか

流れる涙を春の日に
かわかすファニー・テディ・ボーイ

(間奏)

吹雪の夜に抱きしめたあのぬくもりよ
今一度　もう一度
もどって　この胸に

流れる涙を春の日に
かわかすファニー・テディ・ボーイ

ああこんなに　ああこんなに
ああすべてが

サミーは彼女のことを思い出していた。

「何考えとるんや」

ケイイッちゃんの声で我に戻った。

「いや、何も」

「豊岡の印刷所には、おれの先輩が勤めてるんや」

コンサートポスター印刷の段取りは全てケイイッちゃんの手筈で進んでいた。

「今日は、その先輩と打ち合わせするんやろ？」

「そや、図案は考えてきたんやろな？」

「勿論、チケットも一緒に作る予定や」

ルーシーの音楽的なリーダーがシンさんで、室町企画の責任者がサミーである。

サミーが鞄からポスターの図案を取り出した。

「これがポスターのレイアウトや」

サミーは、A３用紙に詳細に書いたポスター図案をケイイッちゃんに見せた。

「写真はこの二枚を使う。それからキャッチコピーは〝遂に登場〟や。メインの写真はこれで、壁を破って出てきたような感じにする」

「中々、かっこええ」

「そやろ」

「チケットは？」

サミーは別の紙を取り出して、チケットの図案を見せた。

「これや。白とブルーの二色刷りで、ブルーの中心にルーシーのロゴを白抜きで入れる。それから右端三分の一はミシン目を入れて入場時に切り取るんや」

「これもええ」

ケイイッちゃんはサミーの企画力に感心した。

「ところで、この室町企画の室町にどんな意味があるんや？」

「別に大した意味は無い。これは田中角栄元総理が経営したユーレイ会社室町産業からいただいた」

「何で室町やねん？」

「上品な〝室町文化〟の匂いがして、大きな事務所の感じがするやろ。ロッキード事件とは関係無いで。ハハハ」

「何やそうかいな。ハハハ」

雪による遅れもなく列車は豊岡駅に昼前に着いた。

豊岡《とよおか》駅は、兵庫県豊岡市にある、ＪＲ西日本・京都丹後鉄道（豊岡駅〜宮津駅）の駅である。豊岡駅から京都丹後鉄道に乗り換えると、日本三景の天橋立を経由して宮津駅に着く。宮津駅からは宮福線に乗り換えると福知山駅が終着となる。また、このまま山陰本線に乗り、二駅目には温泉で有名な城崎温泉駅がある。

印刷所に午後一時にアポを取っていた。まだ一時間ほど余裕があったので、二人は駅前のうどん屋で昼食をとった。

印刷所は駅から徒歩で十五分のところにあったが、道に雪があり三十分もかかってしまった。

印刷所ではケイイッちゃんの先輩が、サミーの説明を丁寧に聞いてくれた。紙質も決まり納得がいく契約が出来た。

一時間で打ち合わせを終了した。帰りの列車では二人で缶ビールと乾き物で楽しく酒盛りをした。

Luce
"遂に登場"
チャリティ
ロックンロールツアー
●開　演 P.M1：30
●4月 3日 黒井福祉センター
●4月10日 柏原郡民会館（大ホール）
●4月17日 青垣町民センター
●4月24日 篠山社氏会館
EVERY SUNDAY
●出演バンド
ルーシー
キャメル
ザ・キープ
●入場料
300 YEN
主催：室町企画

ロックンロールツアー

チャリティ
ロックンロールツアー
Luce
300YEN
主　催：室町企画
●開演時間
午後１時３０分
●日・場所
４月３日　黒井福祉センター
４月10日　柏原郡民会館
４月17日　青垣町民センター
４月24日　篠山社氏会館
EVERY
SUNDAY

2

このコンサートツアーにはルーシーとは別に二組のバンドが出演した。バンド名が「キャメル」と「ザ・キープ」という高校生バンドである。

キャメルは珍しい女子だけの五人組バンドで、キャロルを模した名前の通り曲は全てキャロルのコピーである。

ザ・キープの方は男子の四人組バンドで、ハードロックバンドのディープ・パープルのコピーをしている。

演奏時間はキャメルとザ・キープが各二十分、ルーシーが六十分なので正味時間が合計百分となる。バンド交代時間を十分とすると合計二時間の興行である。開演が午後一時半なので三時半には終わる。午前中をセッティングとリハーサルに当てると丁度いい時間割りだった。

ツアー最終日の四月二十四日には、キャメルに代わって青垣町のバンド「ブルーベンチャーズ」が出演してくれた。キャメルの都合が悪くなって交代になった。

ロックバンドの会場準備は大変な重労働である。

会場入りが九時だとすると、前日に重い機材を宵積みする。ルーシー四人に、室町企画のメンバーとサニーズを加えて十人前後の頭数で午前九時からの準備を始める。

ここでコンサート会場の音をどのようにして出すのか少し詳しく説明しよう。

まずボーカルの声はマイクで拾ってPA（拡声装置）に入れる。PA本体は、少ないもので六本、多いもので三十本のマイクが差し込めるようになっている薄い四角い盤でできており、これをPAの卓（ミキシングコンソール）という。

卓には、音の大小を調節できるつまみがマイク毎にある。これをボリュームという。ボリュームとは別にバス、トレブル、エコー、スピーカー音量のR・Lバランスつまみがマイク毎に付いている。マイクが六本入るものを六チャンネル、三十本入るものを三十チャンネルの卓という。

そのほかにPAのスピーカーの全体音量をコントロールできるマスターボリューム、全体の高音と低音を周波数別に細かくスライドレバーで調節できるイコライザー、さらに全体のエコーの調整ができるつまみとモニターボリューム、そしてAUXボリュームが付いている。

モニターボリュームは、幕間にかけるCD等のボリューム調整に使う。それと左右のスピーカーのボリュームが目で確認できるようにアナログ時計の針のような計器がR・L別々に付いている。

マイク以外に卓にはCDプレーヤーやエコーチェンバーを繋ぎこむ。エコーチェンバーという機械は音を一度録音して、その録音した音を直後に再生する機械である。再生の間隔や回数を自由にコントロールできる。

エコーチェンバーを使うと、よほど音痴でない限り歌が上手に聞こえる。またエコーチェンバーは、ボーカルだけではなくギター等の楽器にも使用する。

それと、PAに使用するマイクはピンキリである。値段の高いマイクは一本十万円以上もするが、それにはそれなりの価値がある。

ボーカルがエコーチェンバーで上手く聞こえるといったが、指向性のよいマイクを使えば、より肉声に近い音が録れるので、もっと上手く聞こえる。

プロの歌手で自分のマイクを持っていない歌手がいたとしたら、その人のプロ意識は極めて低い。

プロの歌手は、自分の声が一番上手く聞こえる道具とノウハウを知っている。余談になるが日本一の歌手は美空ひばりである。この人には、エコーチェンバーも十万円のマイクも要らない。何故なら彼女自身が、上等のエコーチェンバーであり指向性の良いマイクだからである。七色の声を持つ彼女は別格である。

二〇〇四年八月一日に大阪USJ（ユニバーサル・スタジオ・ジャパン）で十万人ライブを成功させたGLAYのボーカルは歌が下手である（本人が言っているから間違いない）。従ってエコーチェンバーと十万円のマイクが要る。

歌が下手でも売れる歌手と、歌が上手でも売れない歌手がいる。GLAYは売れている。歌が上手いだけではスターにはなれないのである。やはりスターというものには、「華」がなければいけない。

次にギターとドラムの音の録り方だが、ギターの場合はギターアンプの音をマイクで拾う。なぜわざわざギターアンプの音を拾うのかというと、ギターの音色はギターそのものだけではなくアンプとの組み合わせで作られるからである。

次にドラムの音を録る方法だが、ドラムはかなり難しい。ドラマーの股の間にある太鼓をスネア・ドラムという。この音がバンドや曲のイメージを作るといっても過言ではない。

六〇年代のロックバンドは、乾いた音色を好んだ。このスネア・ドラムの下側にマイクを一本セットする。次に大切なのはドラマーの正面にあるバス・ドラムという一番大きな太鼓である。コンサートの迫力はバス・ドラムで決まると思う。コンサート会場の客席に座っていてバス・ドラムの音は聞こえないが、バス・ドラムの風圧を「ドッドドッ」と感じるのがロックの醍醐味なのである。それを感じられるのはPAのおかげである。バス・ドラムの前にマイクをセットする。

次にハイハット・シンバルというペダル操作で開閉するシンバルの音も大切である。何故ならシンバルの中で一番多用されるからである。従ってハイハット・シンバルの上部にマイクをセットする。

最後にその他のタムタム（中型ドラム）やその他のシンバルの音を拾うために最低でもあと二本、合計五本のマイクをセットする。

ルーシーの場合の必要なマイク数は、ボーカル二本（サミーとシンさん用）、ギター二本（シンさんと、ヒデさん後にケン用）、ベース一本（サミー用）、ドラム五本（リュー用）の合計十本である。奏者や歌い手が増えるほどマイクの数は増加する。

さてPAの卓の位置は、どんな場所が適当なのであろうか。それは会場のセンターライン上の前から三分の二の位置が最適であると思う。何故ならPAの卓の前に座って会場の音量と音質を決めるからである。

卓の前に座る人を「ミキサー」という。ミキサーは、ステージ上の奏者や歌い手と同じように、音楽家でなければならない。彼のミキシング一つで各楽器の音のバランスが決まり、音質も決まり、演奏の良否が決まるからである。

ステージ上のバンドマンがいくら頑張っても、ステージにいる限りミキサーの仕事はできない。コンサートの出来不出来は、ミキサーで決まるといってもいいだろう。ミキサーの耳で聞こえる音がその会場の少なくとも六、七割の客が聞く音と同じでなければ意味が無い。従って会場の前から三分の二の位置となるのである。

三十チャンネルの卓なら最低、入出力合わせて五十本の配線が卓とステージを結んでいる。

何故なら、ＰＡの卓に入ってくる主にマイクの入力線と卓から出力されるＰＡ用メインスピーカー出力線に加えてモニタースピーカー用出力線が、卓からステージやステージ横のスピーカーに走っているからである。

ステージ上には、ギターアンプやベースアンプそしてドラムセット等がある。これらのセッティングは、一人でできるわけが無くロックコンサートには大勢の裏方の力が必要である。

それに加えて必要なのは照明である。昔ならステージ左右の二カ所と正面の合計三カ所で最低三人の照明係が必要であったが、最近は「打ち込み」といって予め曲に合わせて照明パターンをプログラムしておけば自動で照明操作ができる。しかし、予め打ち込む、といっても大変な労力であり、リハーサルでの確認は必要であろう。

それとドライアイスや紙ふぶき等の効果係も必要だ。こういった様々な人々によってロックコンサートは成り立っており、本格的なコンサートをやるのは大変であるが、それが成功したときの喜びは格別である。

このようにロックコンサートには体力と根性が必要だ。何も本番だけ体力が必要なのではなく、本番前の機材の運搬設置、本番後の後片付けは大変な作業だ。このことを理解していないとコンサートなどできない。

3

サミーはコンサートツアーを二月中旬に立案した。ツアーの日程と会場を決め、直ぐに会場を押さえた。ラッキーにも予定通り次の会場がキープ出来た。

四月　三日(日)　黒井福祉センター
四月一〇日(日)　柏原郡民会館
四月一七日(日)　青垣町民センター
四月二四日(日)　篠山杜氏会館

ツアー会場の中で一番広いのは二回目に公演する柏原郡民会館である。この会場では過去に橋幸夫、五木ひろしなどの一流歌手が公演している。

ツアー初日が四月三日なので練習期間が一カ月半しかなかった。ルーシーの練習日は週に一回だから、一カ月半だと残り七回だった。思いっきり詰めても新曲が七曲しか練習出来ない状態である。

サミーはルーシーの持ち時間から逆算して十五曲は必要と考えている。幸い今までの持ち曲が八曲あったので、残りの七曲の新曲が必要だった。

リードボーカルのサミーは早速七曲の選曲にかかった。サミーが選んだ曲は次の通りである。

①カモン・ベイビー（作詞・曲：矢沢永吉　一九七四年）
②憎いあの娘（作詞：大倉洋一　作曲：矢沢永吉　一九七三年）
③夏の終り（作詞・曲：矢沢永吉　一九七四年）
④ヘイ・ママ・ロックン・ロール（作詞・曲：大倉洋一　一九七四年）
⑤ラスト・チャンス（試作）（作曲：矢沢永吉　一九七五年）
⑥緊急電話（作詞：大倉洋一　作曲：矢沢永吉　一九七五年）
⑦ズッコケ娘（作詞・曲：矢沢永吉　一九七四年）

『ヘイ・ママ・ロックン・ロール』だけは苦手なので、シンさんに歌ってもらうことにした。

次にやることは、新曲のカセットテープへのダビングである。七曲が入ったカセットテープを四人分四本作るのだが、時間がかかるので一曲出来たところで、それをまずシンさんに渡すと、シンさんは早速五線紙にテープを聴いてコードを書くのである。コードを書いた楽譜を三人分コピーしてカセットテープとともにサイドギター、ベースギター、ドラムスのメンバーに配る。

メンバーたちはカセットを聴いて自分のパートを自分で書いていく。シンさんは高校時代吹奏クラブにいたのでメンバーの中で一番音楽に詳しかった。難しいリズムやコードは電話でシンさんに聞きながら各自で練習した。

四人とも週日働いているので、週一回の練習日にいきなりうまく合わせるのは大変な作業である。しかし、メンバーたちは四月三日のコンサート日に間に合わせるために頑張った。

サミーは家から工場まで車通勤である。約二十分の通勤時間はカセットテープを聴いて歌いながら歌詞を一生懸命覚えた。このハードスケジュールは苦痛だが、とても充実していた。

日曜日の午後からの練習時間は四時間だ。この時間内で毎週新曲を仕上げていくのは中々大変な作業である。各パート自体が不完全な上、バンドとして合わせるのは並大抵のことではない。時には喧嘩にもなるが、〝好きこそものの上手なれ〟の言葉通り直ぐに仲直りをして四人は頑張った。

こうして、コンサートで奏《や》る曲目が次の十五曲に決まった。

①カモン・ベイビー（作詞・曲：矢沢永吉　一九七四年）
②憎いあの娘（作詞：大倉洋一　作曲：矢沢永吉　一九七三年）
③恋の列車はリバプール発（作詞：相澤行夫　作曲：矢沢永吉　一九七五年）
④グッド・オールド・ロックンロール（作詞・曲J. O. Farrow　一九五九年）
⑤夏の終り（作詞・曲：矢沢永吉　一九七四年）
⑥ウイスキー・コーク（作詞：相澤行夫　作曲：矢沢永吉　一九七五年）
⑦ヘイ・ママ・ロックン・ロール（作詞・曲：大倉洋一　一九七四年）
⑧涙のテディ・ボーイ（作詞・曲：矢沢永吉　編曲：大野克夫　一九七四年）
⑨ラスト・チャンス（試作）（作曲：矢沢永吉　一九七五年）
⑩ディスコティック（作詞：相澤行夫　作曲：矢沢永吉　一九七六年）
⑪ジョニー・B・グッド（作詞・曲：C. Berry　一九五八年）

⑫緊急電話（作詞：大倉洋一　作曲：矢沢永吉　一九七五年）
⑬ルイジアンナ（作詞：大倉洋一　作曲：矢沢永吉　一九七二年）

アンコール曲

⑭ズッコケ娘（作詞・曲：矢沢永吉　一九七四年）
⑮ファンキー・モンキー・ベイビー（作詞：大倉洋一　作曲：矢沢永吉　一九七三年）

4

練習が終わるとシンさんとサミーはスナック葦で、一升酒を飲みながら曲の課題について話し合った。

「『ヘイ・ママ・ロックン・ロール』もサミーが歌えや」

シンさんがサミーに言った。

「そらアカン」

「何でや？」

「おれは十四曲ぶっ続けで歌うんやで、喉がもたん」

「一曲増えるだけやないか？」

「そやけど、あの曲はあまり好かんのや」

「何でや？」

「作詞作曲が大倉洋一なんや」

「ジョニー（大倉洋一）のどこが好かんのや？」

「エーちゃん（矢沢永吉）の乗りと、どこか違うんや」

「どこが違うねん？」

「何と言うか、好みが違うねん」

「同じように思えるけど？」

「DNAが違うというか？」

「ふーん。分からん。ほんなら何で『ヘイ・ママ・ロックン・ロール』を選んだん？」

「客の乗りがええと思ったからや」

「そやな、確かに乗りはええな」

「兎に角、シンさんがやってえな」

「ほな、やるわ。その代わりしっかりハモれよ」

「分かった」

そんな話が延々と続き、二人がほろ酔い気分になったところで一升瓶が空くのである。

5

今日は四月一〇日(日)。コンサート会場はツアーの中で一番大きなハコの柏原郡民会館である。

午前九時から午後五時までが室町企画が借りる時間帯である。ルーシーは午前九時キッチリに会場入りした。

今回はこの町のビデオ会社がルーシーを撮影に来ることになっていた。録画したビデオテープの権利を室町企画にすることを条件にサミーが承諾したのである。

ゲスト出演する福知山市に住むキャメルと氷上郡に住むザ・キープもやって来た。室町企画の人員と他に頼んだ二人を入れて総勢二十人で会場の設営に取り掛かる。

前述の通り、体力勝負の準備が始まった。先週の四月三日(日)に黒井福祉センターで本番の経験があったので、今回は割とスムーズに設営が出来て午前十時半からリハーサルの段取りが付いた。

リハーサルは、ルーシーが一時間、キャメルとザ・キープ合わせて一時間の合計二時間掛かった。

開場が午後一時の予定なので、余裕時間は三十分のみである。その時間を使って全員写真を撮るために、スタッフを含む全員が玄関前の階段に集まった。

その日は幸い快晴である。玄関前の階段に腰掛けた全員の写真をカメラマンのケイイッちゃんが撮った。みんなが笑顔で生き生きと輝いていた。これが青春なのだ。

予定通り午後一時半に開演した。

トップバッターは女子高校生五人のキャメルの出番である。緞帳が開くと会場の客がどよめいた。この町で、女性五人のロックバンドは初めてで珍しかった。福知山市の女子高校生は大人っぽいので柏原町の若者たちはそれだけで喜んでいるようである。キャロルの曲を五曲演奏したキャメルの演奏は上出来だった。

次の出演は男子高校生四人のザ・キープである。彼等はイギリスのハードロックのディープ・パープルのコピーバンドである。キャメルとは毛色の異なるハードなロックに観客は少し引いた感じだったが、珍しいのか拍手喝采だった。

6

さて、「トリ」は観客がお待ちかねのルーシーの出番である。

最初は曲をやらずにリューのランダムのドラムソロから入る。それにリードギター、サイドギター、ベースギターが順次加わるのである。そして各自がウォーミングアップを終えたところで一旦全ての音が消えた。

直後に、一曲目の『カモン・ベイビー』のイントロが始まった。シンさんのテレキャスターが鳴き、四十二センチ特大ウーファーからの野太いベース音が会場を包み込み、イントロのあと、サミーが歌い出す。

♪ Come on over, baby, I want you please

ルーシーサウンドを待ちかねたファンの大きな歓声が上がった。

★カモン・ベイビー　（作詞・曲：矢沢永吉　一九七四年）

Come on over, baby, I want you please
抱きしめたい　この手で　yeah, yeah
君のキュートな　笑顔が好きさ　yeah, yeah

Come on over, baby, I want you please
欲しいものは　あげよう　yeah, yeah
バラの花も　ミンクのコートも　yeah, yeah

おまえのぬれた素肌が　yeah, yeah
俺の目にとまれば
もう逃げられはしないよ

Come on over, baby, I want you please

抱きしめたい　この手で　yeah, yeah
君のキュートな　笑顔が好きさ　yeah, yeah

（間奏）

Come on over, baby, I want you please
欲しいものは　あげよう　yeah, yeah
バラの花も　ミンクのコートも　yeah, yeah

Come on over,　yeah, yeah
Come on over,　yeah, yeah
Come on over,　yeah, yeah

シャウトするサミーと、耳を劈くルーシーサウンドに観客は拍手喝采である。

ロックンロールツアー

「かっこえー」

指笛が響き、大声援と拍手があった。

直ぐに、二曲目のイントロに入る。ルーシーのコンサートの進め方は、間を空けずにドンドン次の曲を奏《や》る。

曲間をMCで繋ぐような野暮なことはしない。ロックンロールは、曲を聴いた観客の身体がスイング（揺れる）すればいいのだ。

時々イントロのリズムを刻みながら、シンさんが客に呼び掛けることもあった。

「みんな、手拍子」

パラパラ手拍子に、イラついたシンさんが叫んだ。

「乗らへんだら、奏《や》らへんぞ。みんな、手拍子」

それを聴いた観客が手拍子を始めた。客の手拍子がだんだん大きくなったところでサミーの合図で曲に入る。

「ワン、ツー、スリー、フォー」

★憎いあの娘　（作詞：大倉洋一　作曲：矢沢永吉　一九七三年）

うわさのあの娘にいかれ
Just all right
ボクのものさ

さそいのデートで決めた
Just all right
愛の言葉

　本気か浮気か
Don't you know I love her forever
燃えてる気持ちを
確かめたいのさ　この胸だいて

くたびれもうけの恋さ
But all right
愛したいの

(間奏)

本気か浮気か
Don't you know I love her forever
燃えてる気持ちを
確かめたいのさ　この胸だいて

くたびれもうけの恋さ
But all right
愛したいの

ロックンロールツアー

★恋の列車はリバプール発　（作詞：相澤行夫　作曲：矢沢永吉　一九七五年）

切符はいらない
不思議な列車で
いじけた街を
出ようぜ俺と

つっぱりジョンも
気どり屋ポールも
待ってるはずだよ
行こうぜ急げ

恋の列車はリバプール発
夢のレールは
二人で書いて行こう

リッケン・バッカー
抱いて歌えば
さびしい野郎も
つられて歌うぜ

(間奏)

恋の列車はリバプール発
夢のレールは
二人で書いて行こう

しらけた奴らが
追いかけたって
特急列車は
つかまりゃしないぜ

ロックンロールツアー

「最高や、最高や」

★夏の終り　（作詞・曲：矢沢永吉　一九七四年）

君と二人で歩いた　浜辺の思い出
あの時二人で語った　浜辺の思い出

ああ　もう恋などしない
誰にもつげず　ただ波の音だけ
さみしく聞こえる

君と二人で歩いた　浜辺の思い出
なにも言わずに口づけを　かわした浜辺

ああ　もう恋などしない

誰にもつげず　ただ波の音だけ
さみしく聞こえる

(間奏)

ああ　もう恋などしない
誰にもつげず　ただ波の音だけ
さみしく聞こえる

君と二人で歩いた　浜辺の思い出
なにも言わずに口づけを　かわした浜辺

ああ　もう恋などしない
誰にもつげず　ただ波の音だけ
さみしく聞こえる

★ウイスキー・コーク　（作詞：相澤行夫　作曲：矢沢永吉　一九七五年）

オレ達の出逢いを見つめていたのは
甘くにがいウイスキー・コーク
酔った振りしながらキッスのチャンスを
さがしたのは本気だったからさ

短い映画のような
あの季節はもう帰らない

グラスの向うにおどけたオレ達
知っているのはウイスキー・コークだけさ

（間奏）

オレ達若かったよな
いつも何か追いかけてた
グラスの向うで何かが変った
知っているのはウイスキー・コークだけさ

（間奏）

オレ達若かったよな
いつも何か追いかけてた
グラスの向うで何かが変った
知っているのはウイスキー・コークだけさ

ロックンロールツアー

「ここで、メンバーを紹介します」

ＭＣ担当のシンさんが言った。

「一番むこう（舞台下手）サイドギター、ヒデ二十六歳です。よろしく」

「ドラムス、リュー二十四歳です」

「ベース、サミー二十四歳です」

「最後に、ボクがシン二十五歳です」

観客からは、一人ひとりに盛大な拍手と指笛の声援があった。

「行こう」

サミーの合図で次のイントロが始まる。兎に角ルーシーのコンサートはＭＣが短くて少ないのが特長だった。曲目などは一切説明せずに次々と曲を奏《や》る。

何故なら、観客はイカしたロックンロール（ルーシーサウンド）を聴きに来ているからである。

★ヘイ・ママ・ロックン・ロール　(作詞・曲：大倉洋一　一九七四年)

Hey Mama Rock & Roll　Hey Mama Rock & Roll　Hey Mama Rock & Roll
Hey Mama Rock & Roll　Hey Mama Rock & Roll　Hey Mama Rock & Roll

いくつときいたら　おどろきさ
真っ赤なスカート　なびかせて
それが　それが　大好きな
かわいい　かわいい　ボクのママ

ダンスをおどれば　おどろきさ
真っ赤なくつは　かろやかに
それが　それが　大好きな
かわいい　かわいい　ボクのママ

（間奏）

生きてることは　ママならぬ
ママが言うから　ママならぬ
それが　それが　愛してる
かわいい　かわいい　ボクのママ

Hey Mama Rock & Roll　Hey Mama Rock & Roll　Hey Mama Rock & Roll
Hey Mama Rock & Roll　Hey Mama Rock & Roll　Hey Mama Rock & Roll

ロックンロールツアー

★涙のテディ・ボーイ　（作詞・曲：矢沢永吉　編曲：大野克夫　一九七四年）

ああこんなに　ああこんなに

雪の世界の恋だから
春風がとかしたなんて
シャレにもならない恋をした
間抜けなファニー・テディ・ボーイ

雪の中を二人は小犬のように
ころげまわり叫んだ
あの時も　夢なのか

流れる涙を春の日に
かわかすファニー・テディ・ボーイ

（間奏）

吹雪の夜に抱きしめたあのぬくもりよ
今一度　もう一度
もどって　この胸に

流れる涙を春の日に
かわかすファニー・テディ・ボーイ
ああこんなに　ああこんなに
ああすべてが

★ディスコティック　(作詞：相澤行夫　作曲：矢沢永吉　一九七六年)

土曜日のディスコティック
うす暗い　地下のフロア

C'mon C'mon　踊れいかした　lonely boy
C'mon C'mon　ひとりぼっちの　lonely boy

すましてる可愛い　ポニー・テイル
待っている　誘いの言葉

C'mon C'mon　胸はドキドキ　lonely girl
C'mon C'mon　ひとりぼっちの　lonely girl

笑いながら　踊れ

本当は淋しがり屋

(間奏)

笑いながら　踊れ
本当は淋しがり屋

ポマードでキメた　テディ・ボーイ
探してる　今夜の相手

C'mon C'mon　声をかけろよ　lonely boy
C'mon C'mon　照れるなんて　ガラじゃない

土曜日のディスコティック
淋しい奴らの　吹きだまりさ

C'mon C'mon　夜が逃げるぜ　lonely boy
C'mon C'mon　夢が消えないうちに

ロックンロールツアー

★ジョニー・B・グッド　（作詞・曲：C. Berry　一九五八年）

Well deep down in Louisiana close to New Orleans
Way back up in the woods among the evergreens
There stood an old cabin made of earth and wood
Where lived a country boy named Johnny B. Goode
Who'd never ever learned to read or write so well
But he could play a guitar just like a-ringin' a bell

Go Go Go Johnny Go Go　Go Johnny Go Go　Go Johnny Go Go　Go Johnny Go Go
Johnny B. Goode

He used to carry his guitar in a gunny sack
Go sit beneath the tree by the railroad track
All engineer in the train sittin' in the shade

Strummin' with the rhythm that the drivers made

※ブレーカー落ちる（一回目）

The people passin' by they would stop and say
Oh, my but that little country boy could play

Go Go Go Johnny Go Go　Go Johnny Go Go　Go Johnny Go Go　Go Johnny Go Go
Johnny B. Goode

（間奏）
※ブレーカー落ちる（二回目）

His mother told him, someday you will be a man
And you will be the leader of a big old band
Many people coming from miles around

To hear you play your music till the sun goes down
Maybe someday your name will be in light
And sayin' Johnny B. Goode tonight

Go Go Go Johnny Go Go　Go Johnny Go Go　Go Johnny Go Go　Go Johnny Go Go
Johnny B. Goode

Go Go Go Johnny Go Go　Go Johnny Go Go　Go Johnny Go Go　Go Johnny Go Go
Johnny B. Goode

『ジョニー・B・グッド』はチャック・ベリーの作品である。
チャールズ・エドワード・アンダーソン・ベリー（一九二六年一〇月一八日－二〇一七年三月一八日　享年九〇歳）は、チャック・ベリーの名で知られるアメリカ合衆国のシンガーソングライター、ギタリストである。ロックンロール創始者の一人で「ロック界の伝説」と敬われ、最初期のギター・ヒーローとして認知されている。愛用したギターは「ギブソン・ES-350T」。一九八六年度「ロックの殿堂」入り第一号。マディ・ウォーターズの口利きによって一九五五年、チェス・レコードと契約し、シングル『メイベリーン』（全米五位）でデビューした。独特のギター奏法とギターを弾きながら腰を曲げて歩く「ダックウォーク」が話題となった。ベリーを敬愛しているジョン・レノンは「ロックンロールに別名を与えるとすれば『チャック・ベリー』だ」と述べている。（ウィキペディアより抜粋）

この曲の演奏中には二回もブレーカーが落ちた（※）。その処置をしたのが、他でもないカメラマンのケイイッちゃんだった。頭が良くて機転がきく彼がいたからこの難局が乗り切れたのである。

彼は楽屋に置いてあった布のガムテープを咄嗟に持ち出し、ステージ上手裏側のブレーカー盤の扉を開けるや否や、ＯＦＦブレーカーをＯＮにして、二列に並んだブレーカーの上からガムテープを貼り付けたのだ。それを見たサミーは納得した。これで大丈夫だと思い、演奏を直ぐに再開した。

後でブレーカーが落ちた原因を考えてみると、柏原でのステージのときには、ビデオ録画が入っていたので、照明に使う電力が余分に必要だったのと、この曲が一番電力を使う曲だったからである。

こんなハプニングにもかかわらず、観客たちはそれを楽しんでいるようだ。これがライブの醍醐味というものである。

ケイイッちゃんがガムテープを貼ってから、『ジョニー・Ｂ・グッド』を最初から演奏した。客は大歓声で喜んだ。

★緊急電話　（作詞：大倉洋一　作曲：矢沢永吉　一九七五年）

セクシー・ベイビー　バイバイ

最後の言葉

ハニー・ベイビー　バイバイ
キザなセリフで

きのうまでは君と二人
甘い声で楽しげにささやいたオー　イェー
今になって恋の夢がこわれるなんて

セクシー・ベイビー　バイバイ
息もつけない夜

(間奏)

きのうまでは君と二人
甘い声で楽しげにささやいたオー　イェー
今になって恋の夢がこわれるなんて

セクシー・ベイビー　バイバイ
息もつけない夜

（コーラス）

きのうまでは君と二人
甘い声で楽しげにささやいたオー　イェー
今になって恋の夢がこわれるなんて

ハニー・ベイビー　バイバイ
だれの胸の中
バイバイ　バイバイ　……

★ルイジアンナ　（作詞：大倉洋一　作曲：矢沢永吉　一九七二年）

かわいいあの娘は　ルイジアンナ
いつでも　男をだめにする
甘い唇　ふるわせて

陽気に踊ろうよ　ブルー・スエード・シューズ
ジューク・ボックスにあわせて　ツイスト・ロックンロール
甘い言葉で酔わせちゃう

おー　ルイジアンナ
おー　恋しい
もう一度踊って
もう一度キスして
お願いだから

かわいいあの娘は　ルイジアンナ
いつでも　男をだめにする
甘い唇　ふるわせて

(間奏)

おー　ルイジアンナ
おー　恋しい
もう一度踊って
もう一度キスして
お願いだから

かわいいあの娘は　ルイジアンナ
いつでも　男をだめにする
甘い唇　ふるわせて

これでコンサートは終わりなのだが、いつものように観客からアンコールの掛け声が上がる。

「ルーシー」「ルーシー」「ルーシー」「ルーシー」

「ルーシー」「ルーシー」「ルーシー」「ルーシー」

「ルーシー」「ルーシー」「ルーシー」「ルーシー」

いつものように大歓声だ。


五分後にルーシーのメンバーがステージに戻った。

最初は曲をやらずにリューのランダムのドラムソロから入る。それにリードギター、サイドギター、ベースギターが順次加わるのである。そして各自がウォーミングアップを終えたところで一旦全ての音が消えた。

サミーが観客に向かって叫んだ。

「じゃー、二曲だけ」

チャリティ
ロックンロールコンサート
Luce
●4月9日(SUN)
●福知山市民会館
●開演P.M1:30
●出演バンド
ルーシー
ブルドッグ
●入場料
前売500YEN
当日600YEN
主催:室町企画

チャリティ
ロックンロール
コンサート
Luce
主催：室町企画
●日・場所
4月9日(SUN)
福知山市民会館
●開演時間
午後1時30分
500YEN

アンコール曲の一曲目は『ズッコケ娘』である。短いイントロの後、サミーがシャウトした。

♪　ウェーイ　どうしてじらすんだ

★ズッコケ娘　（作詞・曲：矢沢永吉　一九七四年）

どうしてじらすんだ
俺の気持ちも少しだけ
どうしてじらす
どうして俺をじらす

あの日の約束も
俺の気持ちをもてあそび
どうしてじらす
どうして俺をじらす

(間奏)

最後の最後まで
俺の気持ちをオチョクって
あのズッコケ娘
どうしてあれをじらす

(間奏)

最後の最後まで
俺の気持ちをオチョクって
あのズッコケ娘
どうしてあれをじらす

客は大喜びである。

Luce

★ファンキー・モンキー・ベイビー（作詞：大倉洋一　作曲：矢沢永吉　一九七三年）

君は　Funky Monky Baby
おどけてるよ
だけど恋しい　俺の彼女

君は　Funky Monky Baby
いかれてるよ
楽しい　君といれば

　愛されてる　いつも　Satisfied
　君がいなけりゃ
　Baby I'm blue, No. . .

君は　Funky Monky Baby

飛んでいるよ
歌も楽しい　君とNIGHT & DAY

(間奏)

愛されてる　いつも　Satisfied
君がいなけりゃ
Baby I'm blue, No. . .

君は　Funky Monky Baby
おどけてるよ
だけど恋しい　俺の彼女
君は　Funky Monky Baby
いかれてるよ
楽しい　君といれば

Luce

観客が叫ぶ。

「かっこえー」

「最高ーや、最高ーや」

「ルーシー」「ルーシー」「ルーシー」「ルーシー」

「ルーシー」「ルーシー」「ルーシー」「ルーシー」

「ルーシー」「ルーシー」「ルーシー」「ルーシー」

指笛と手拍子と「ルーシーコール」は止まなかった。

協力

写真　竹安恵一

「ルーシー」のメンバー

「室町企画」の仲間たち

「サニーズ」の仲間たち

西安　勇夫（にしやす　いさお）

1953年　兵庫県丹波市生まれ。作家
2005年　デビュー小説『ミシガン無宿 ── アメリカ巨大企業と渡り合った男』発表
2006年　小説『青く輝いた時代《とき》』発表
2007年　小説『山桜花』発表
2008年　コラム『ニッポンは何処へ行くのでしょうねー』発表
2010年　小説『自動車革命 ── 貴婦人のひとりごと』発表
2012年　小説『ダイヤモンド・シーガル ── 脳卒中闘病記』発表
2014年　小説『本卦還り』発表
2016年　小説『自動車革命 ── 貴婦人のひとりごと　2』発表
2018年　小説『丹波田園物語』発表
2020年　コラム『漢の品格』発表
2022年　小説『自動車革命 ── 貴婦人のひとりごと　3』発表
2024年　小説『LUCEΛWΛY《ルーシーアウェイ》』発表

LUCEAWAY《ルーシーアウェイ》

2024年11月26日　初版第１刷発行

著　　者　西安勇夫
発 行 者　中田典昭
発 行 所　東京図書出版
発行発売　株式会社 リフレ出版
〒112-0001　東京都文京区白山 5-4-1-2F
電話（03）6772-7906　FAX 0120-41-8080
印　　刷　株式会社 ブレイン

ISBN978-4-86641-831-5 C0093
Printed in Japan 2024
NexTone 許諾番号 PB000055325 号
日本音楽著作権協会（出）許諾第2407395-401号